ALPHABET

ENCYCLOPÉDIQUE.

X

19675

Je ne reconnoîtrai pour authentiques que les exemplaires qui porteront ma signature, et je poursuivrai les contrefacteurs.

DE L'IMPRIMERIE DE J.-B. IMBERT.

ALPHABET
ENCYCLOPÉDIQUE
ou

Notions sur les Sciences, les Arts
et l'histoire naturelle

la portée des enfans suivis de petits contes moreaux.

Orné de très jolies gravures en taille-douce

PARIS,

LA LIBRAIRIE D'ÉDUCATION ET DE JURISPRUDENCE,

D'ALEXIS EYMERY, Rue Mazarine, N° 30.

(1813)

(1478)

ALPHABET

ENCYCLOPÉDIQUE,

OU

NOTIONS SUR LES SCIENCES, LES ARTS, ET L'HISTOIRE NATURELLE,

A LA PORTÉE DES ENFANTS,

SUIVIES DE PETITS CONTES MORAUX.

A PARIS,

A LA LIBRAIRIE D'ÉDUCATION

ET DE JURISPRUDENCE

D'ALEXIS EYMERY, rue Mazarine, n°. 30.

1812.

AVERTISSEMENT.

LE nombre des enfants qui cherchent à s'instruire, devenant plus grand de jour en jour, on a cru devoir leur offrir ce petit livre, qui réunit sous un même point de vue ce qu'ils trouveroient avec peine dans beaucoup de volumes.

Il renferme ce qui peut leur être utile pour parler avec intérêt à leur âge. On s'est attaché à des définitions claires et précises qui, quoique courtes, sont suffisantes pour donner des notions vraies et certaines de tous les objets qu'on leur présente.

On leur parlera de Grammaire, de Géographie, d'Histoire naturelle, et ensuite de ce qu'ils voient et entendent plus habituellement : c'est donc un petit enchaînement de sciences utiles aux enfants; et on a placé chaque chose sous sa lettre initiale en forme d'alphabet, ce qui naturellement donne

à ce petit ouvrage la forme d'Alphabet
Encyclopédique.

La lettre *s*, à la suite d'un mot,
veut dire substantif; la lettre *m*, mas-
culin; la lettre *f*, féminin; et *plur.*,
pluriel.

On s'est borné à rappeler les idées
principales des objets insérés dans ce
petit livre, laissant aux instituteurs
le plaisir de les étendre et de les déve-
lopper, selon les différentes façons de
penser.... de voir.... et de sentir, et les
dispositions des enfants. On n'a fait
qu'indiquer les signes de la Ponctua-
tion, parce que les maîtres, dans le
courant des lectures, ont coutume
d'en apprendre l'usage aux enfants.

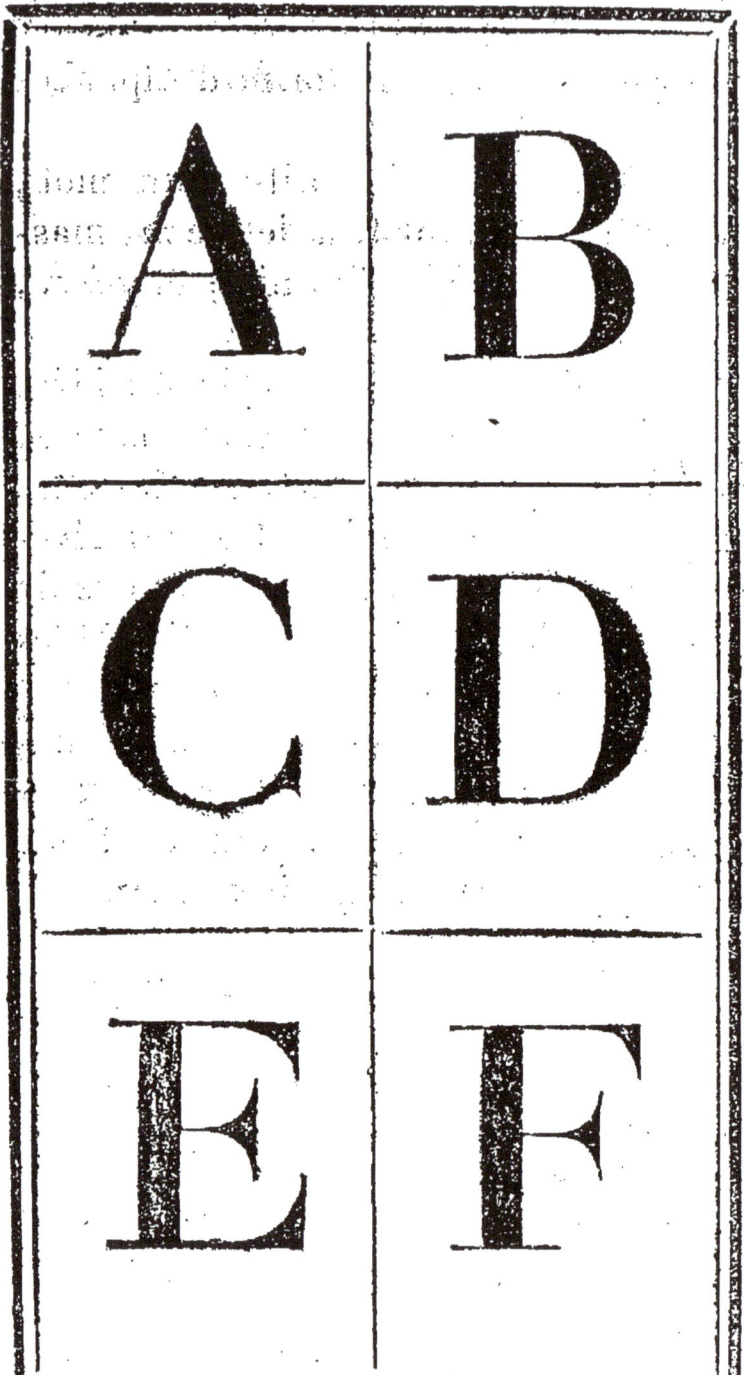

a	b
c	d
e	f

G	H
I J	K
L	M

g h
ij k
l m

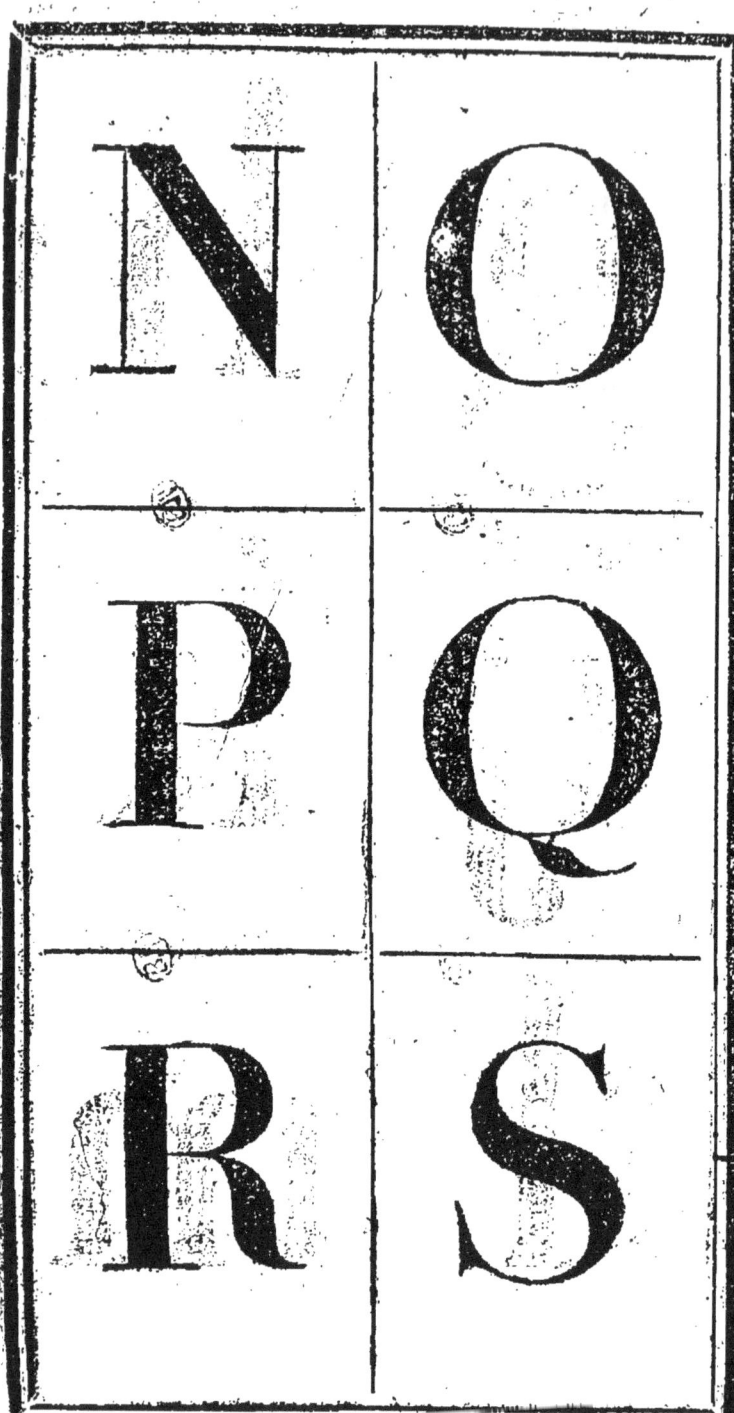

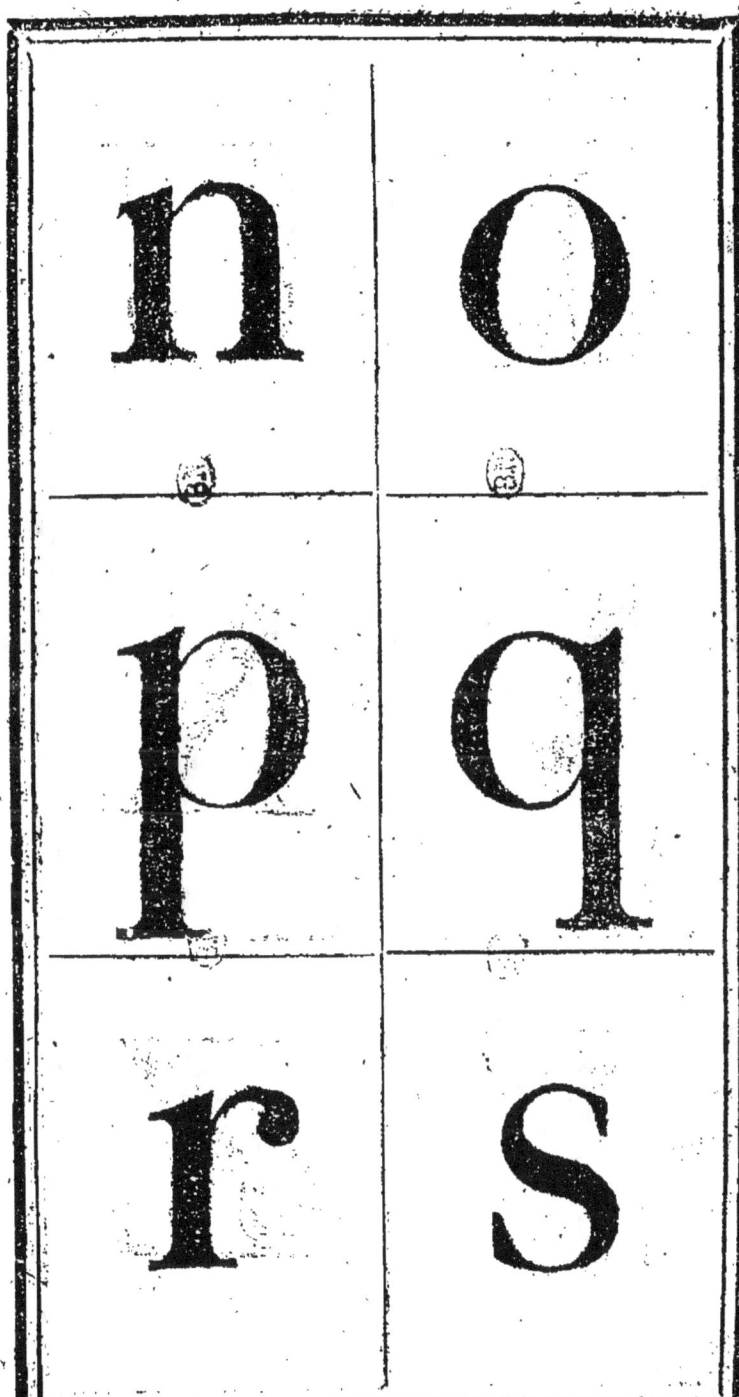

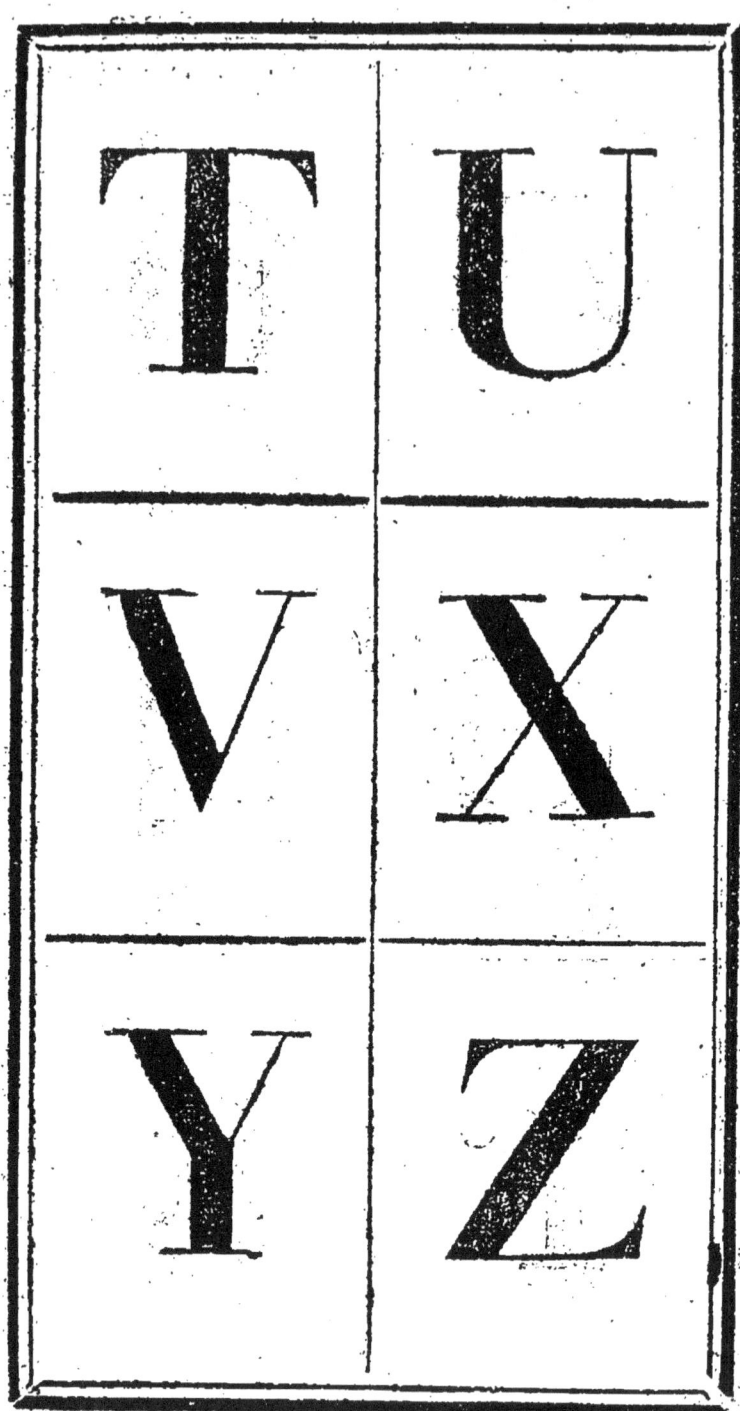

t	u
v	x
y	z

ALPHABET QUADRUPLE,

Ou Lettres majuscules et minuscules, cou-
rantes, italiques et manuscrites.

A a	B b	C c	D d	E e
A a	*B b*	*C c*	*D d*	*E e*
F f	G g	H h	I i	J j
F f	*G g*	*H h*	*I i*	*J j*
K k	L l	M m	N n	O o
K k	*L l*	*M m*	*N n*	*O o*
P p	Q q	R r	S s	T t
P p	*Q q*	*R r*	*S s*	*T t*
U u	V v	X x	Y y	Z z
U u	*V v*	*X x*	*Y y*	*Z z*

Lettres doubles et-liées ensemble.

æ   œ   fi   ffi

fi   ffi   fl   ffl

ff   ſb   fl   ſſ

ct   ft   w   &.

æ   œ   fi   ffi

fi   ffi   fl   ffl

ff   ſb   fl   ſſ

ct   ft   w   &.

————

a e i ou y o u

ba be bi bo bu

ca ce ci co cu

da de di do du

fa fe fi fo fu

ga ge gi go gu

ha he hi ho hu

ja je ji jo ju

ka ke ki ko ku

la le li lo lu

ma me mi mo mu

na ne ni no nu

pa pe pi po pu

qua que qui quo qu

ra re ri ro ru

sa se si so su

ta te ti to tu

va ve vi vo vu

xa xe xi xo xu

za ze zi zo zu

Lettres accentuées.

é   (aigu)

à è ù   (graves)

â ê î ô û (circonflexes)

ë ï ü   (tréma)

Signes de la Ponctuation.

La Virgule (,)

Le Point et la Virgule (;)

Les deux Points (:)

Le Point (.)

Le Point d'interrogation (?)

Le Point d'exclamation et d'admiration (!)

Le c cédille (ç)

Les Parenthèses ()

Les Guillemets (».»)

Le Trait d'union (-)

L'Apostrophe (').

Mots faciles à épeler.

Bon-en fant, ton jou-
jou, mon cha peau, son
hô tel, nos ma mans, nos
pa pas, la ta ble, la chai-
se, le ta bleau, pa pier,
man ger, mar cher, cou-
rir, ai mer, gâ teau, bis-
cuit, chaux, chan tier,
dents, chat, chien, bon-
bons, com bat, ai mant,
sol dat, pou pée, air, é-
tang, é tat, é tau, é té,
hi ver, prin temps, ar-
gent, or.

Mots plus difficiles à épeler.

A gré a ble, ai ma ble,
sa ges se, hon nê te té,
ma gna ni me, cym ba-
le, fa mil le, ai guil le,
fil le, di a mant, sus cep-
ti ble, clo chet te, a do-
les cen ce, con va les-
cen ce, cou lis se, cha-
pel le, a li gne ment,
ai gret te, per ru que,
a gri cul tu re, a mé lio-
ra tion, pu ri fi ca tion,
dé ter mi na tion, in com-
pré hen si ble, in com-

pré hen si bi li té, in com-
mu ta ble, in com mu ta-
bi li té, é qui page, at-
te la ge, ba si li que, ar-
le qui na de, a rith mé-
ti que, a rith mé ti que-
ment.

Phrases simples.

Paris est une belle ville.

La promenade est agréable.

Un enfant sage aime le travail
et la lecture.

Honorez vos pères et mères;
aimez vos frères et sœurs.

Obéissez à vos maîtres.

La vertu est un bien précieux.

La science est admirée.

Les enfants bons aiment les pauvres.

L'enfant studieux est aimé.

Le travail est récompensé.

Les prix sont honorables.

Prions Dieu soir et matin.

Faisons le bien dans la journée.

Phrases composées.

Tout nous conjure d'aimer nos semblables et de leur faire du bien.

L'humanité est une dette sacrée que tout homme contracte en naissant.

Tous les âges de la monarchie française furent consacrés par des actes de bienfaisance.

L'amour du travail est une source de richesse et de bonheur.

La piété opéra, dans tous les temps, des prodiges en faveur des infortunés.

La sagesse et l'honnêteté sont les deux meilleurs sauvegardes de la vie et de l'honneur.

On sait que Dieu voit tout, qu'il est partout, et cette conviction suffit pour ne rien omettre de ce que le devoir prescrit.

Il n'y a pas de titre plus précieux que celui de chrétien.

L'émulation doit encourager les enfants à acquérir de la science et des vertus.

Il faut avoir en horreur la malheureuse habitude d'outrager le saint nom de Dieu par des imprécations et par des serments.

PREMIÈRE LEÇON.

A.

A., on peut considérer l'A comme *lettre* et comme *mot*... en tant que lettre, c'est la première lettre de l'alphabet...... et même de presque tous les alphabets connus. Le son en est *long* ou *bref*; quand il est *bref*, il est simple; quand il est *long* ou ouvert, comme dans mâtin, on met dessus l'a un accent circonflexe..... A, comme mot, est la troisième personne du présent de l'indicatif du verbe avoir, il n'a point d'accent. Enfin A est aussi employé comme *préposition* : pour lors il doit être marqué d'un accent grave, comme dans bon à prendre.

ABEILLE, *s. f.* Insecte de l'espèce des mouches, qui produit le *miel* et la *cire*... qui ne coûte rien à nourrir... se plaît partout.... et ne sauroit être trop multiplié. Quant à leur prétendu gouvernement, à leur roi, à leur reine, ce sont des conjectures, et non des choses bien prouvées.

ACACIA , *s. m*, commun. Vient de
la Virginie et du Canada. C'est un arbrisseau dont le bois est dur et raboteux ; ses
branches sont pleines de piquants ; il produit au printemps des fleurs fort agréables.

ACAJOU , *s. m.* Est un grand et gros
arbre. Il y en a qui suffisent seuls pour
faire un canot. On en fait de beaux et
bons meubles.

ACIER , *s. m. Fer porté à la plus
grande pureté que l'art peut lui donner,*
suivant les anciens : les modernes préten-
dent que *non* ; mais aucun d'eux n'a encore
présenté un morceau d'acier *tout fait*
tiré d'une mine. Il faut toujours le passer
au feu, comme le fer, lui faire subir beaucoup d'opérations pour le préparer à rece-
voir la *trempe*, qui lui donne sa dureté.

AFRIQUE , *s. f.* L'une des quatre parties principales de la terre. — On nomme
aussi *Afrique* un port et ville de Barbarie,
au royaume de Tunis. — On nomme aussi
Afrique une petite ville de France, en
Gascogne, près Montauban.

AIMANT , *s. m.* Pierre minérale qui a de

B

merveilleuses propriétés, 1°. d'attirer le fer; 2°. de diriger toujours ses poles au nord et au midi; 3°. de communiquer cette vertu au fer.

AIR, *s. m.* Un des quatre élémens reconnus. Celui-ci est un corps léger, fluide, transparent, capable de compression et de dilatation.

Air, en musique, c'est le chant qu'on adapte aux paroles d'une petite pièce de poésie. —En fauconnerie, on dit : L'oiseau prend l'air, pour exprimer que l'oiseau s'élève beaucoup.

AMERIQUE, *s. f.* L'une des quatre parties du monde, baignée par l'Océan, découverte par *Christophe Colomb*, Génois, en 1491, et nommée depuis Amérique, du nom d'*Améric Vespuce*, Florentin, qui aborda, en 1497, à la partie du continent située au sud de la ligne. L'Amérique méridionale fournit de l'or en lingots, en pailles, en pepins et en poudre, de l'argent en barres; l'Amérique septentrionale, des peaux de toutes espèces.

ASIE, *s. f.* La seconde des quatre grandes parties de la terre , qui peut contenir
d'orient en occident environ 1730 lieues ,
et du nord au midi environ 1330. Elle est
séparée de l'Europe par la mer Méditerranée , l'Archipel, la mer *Noire* , les Pa-
lus Méotides , le Don et la Dwina ; de l'A-
frique par la mer Rouge et l'isthme de
Suez ; des autres côtés , elle est entourée
par l'Océan , et ne communique point
avec l'Amérique.

DEUXIÈME LEÇON.

B.

B , seconde lettre de notre alphabet, et
la première de nos consonnes.

BABOUINS, *s. m.* Gros singes qui sont
différents des cynocéphales. On distingue
les babouins à longue queue et les babouins
à courte queue. Cynocéphale est un nom
qu'on a donné à l'espèce des singes qui
ont une queue et le museau allongé comme
les chiens.

BACCHANALES. *f.* Fêtes en l'honneur de Bacchus, qui se célébroient à Athènes. Les femmes ou bacchantes couroient sur les montagnes avec un thyrse à la main. C'étoit une demi-pique garnie de feuilles de lierre et de pampre de vignes entrelacées.

BACCHUS. Fils de Semélé et de Jupiter : celui-ci le porta dans sa cuisse. Il est regardé comme le dieu du vin et des vendanges.

BADAUD, *s. m* et *f.* Sobriquet qu'on a donné aux habitans de Paris qui s'attroupent et restent long-temps à regarder les choses les plus simples. On dit *badauder*, faire le badaud.

BAGUIER, *s. m.* Petit coffre ou écrain, dans lequel on serre les bagues.

BAIE, *s. f*, en géographie, est un golfe ou bras de mer qui s'avance dans la terre ferme, et dont l'intérieur a plus d'étendue que l'entrée.

BAILLON, *s. m.* Morceau de bois ou de fer qu'on met dans la bouche d'un animal pour l'empêcher de crier ou de mordre.

BALADINS, *s. m.* Troupe de fainéans des deux sexes, qui prenoient des postures, et exécutoient des danses indécentes pour amuser le peuple. Les danseurs de corde se sont joints à eux.

BALEINE, *s. f,* le plus gros de tous les poissons connus. Les plus petites ont plus de cent pieds de long, la tête fait un tiers de cette masse. On en tire beaucoup d'huile et ce qu'on nomme *blanc de baleine*, qui n'est autre chose que sa cervelle fondue et refondue jusqu'à ce qu'elle soit bien purifiée.

BALEINON, *s. f,* petit de baleine.

BASILIQUE, *s. m, maison royale.* C'étoit anciennement de vastes bâtiments soutenus en dedans par des colonnes, destinés à l'usage du public. A Rome, on y rendoit la justice. Les Grecs modernes ont donné le nom de *basiliques* aux chapelles bâties sur les tombeaux des martyrs, ou autres bâtimens destinés au culte de Dieu. Saint-Pierre de Rome est basilique, et Notre-Dame de Paris porte aujourd'hui ce nom.

TROISIÈME LEÇON.

C.

C, troisième lettre de notre alphabet,
On lui donne deux prononciations différentes. Quand on met une petite virgule
dessous, on la prononce comme une *s*, et
on a raison : alors c'est le *sigma* des Grecs.
Quand il n'a point de virgule, et qu'il est
devant l'*a*, l'*o* ou l'*u*, il a un son dur,
comme dans *cabane*, et tient du *k* sans *a*,
ou du *q* sans *u*.

CAFÉ, *s. m*, fruit d'un arbre qui vient
très-haut dans le royaume d'*Yemen* en
Arabie, mais très-foible ailleurs. Cependant il est même démontré que si sa semence n'est pas mise en terre très-récem-
ment cueillie, elle ne lève pas. Les Hol-
landais voulant en avoir pour le naturali-
ser à *Batavia*, ont été obligés de faire des
caisses qu'ils ont remplies de terre à Moka
même, pour y planter la semence sortant
de dessus l'arbre. Ils ont réussi. Les cafés

viennent aussi hauts et aussi vigoureux à
Batavia qu'en Arabie. Ce fruit, qui devient de la grosseur d'une cerise, a une
chair glaireuse, d'un goût désagréable,
qui renferme deux semences plates en dedans, voûtées sur le dos, ayant dans toute
la longueur une espèce de sillon creux sur
le côté plat. Ce sont ces semences, qu'on
nomme *fèves*, qu'on nous apporte. On les
les fait rôtir jusqu'à ce qu'elles aient reçu
une couleur tirant sur le violet; on les ré-
duit en poudre très-fine, et quand on veut
en prendre, on fait infuser cette poudre
dans de l'eau bien bouillante.

CASTOR, *s. m.* Animal amphibie,
quadrupède, qui a la queue large et épaisse,
la tête carrée : les doigts des pieds de derrière sont joints par une membrane, comme
ceux d'une oie; les pieds de devant sont
faits comme la main d'un homme, couverts
de poil, les ongles longs et pointus. Ils
vivent l'été de toutes sortes d'herbes, de
fruits, de racines. L'hiver, ils vivent d'é-
corces d'arbres, dont ils ont soin de se
faire une provision dans des cabanes qu'ils
construisent avec une adresse et une

4

promptitude surprenante. Ce n'est pas la peine de tant persécuter ces animaux, qui ont été nos premiers maîtres d'architecture et de mécanique, et qui sont pour nous des exemples de patience et de persévérance.

COMÈTE, *s. f.* Corps céleste de la nature des astres, qui paroît soudainement, et qui disparoît de même.

QUATRIÈME LEÇON.

D.

D, quatrième lettre de l'alphabet.... en chiffres romains il signifie cinq cents.

DAIM, *s. m.* Animal quadrupède ressemblant au cerf, excepté que sa queue s'étend jusqu'aux jarrets ; ses bois sont larges et plats, et l'animal est plus petit ; sa peau est plus forte que celle du chamois. On en fait de bonnes culottes.

DARDANELLES (Détroit des). Canal qui sépare l'Europe de l'Asie. Il a quatre milles de large et est défendu par

La Vache

Le Dauphin

l'Eléphant.

deux anciens et forts châteaux, qu'on nomme *Châteaux des Dardanelles*; l'un en Europe, l'autre en Asie.

DAUPHIN, *s. m.* Poisson de mer qui a la peau dure et lisse, le corps allongé, le dos voûté, le museau long, la bouche grande, des dents petites et pointues, les yeux recouverts par la peau; il a, sur le museau, un orifice fait en forme de *croissant* par lequel il respire et rejette l'eau; sa queue forme un demi-cercle; son dos est noir et le ventre blanc; il a beaucoup de graisse; sa chair a une odeur forte; il a des os; la femelle n'a qu'un petit, qu'elle allaite et ne quitte pas de long-temps.

DRAPEAU, *s. m.* Enseigne militaire sous laquelle les soldats s'assemblent. Les Romains n'avoient qu'une botte de foin au bout d'une perche. On nomme *Drapeaux* les chiffons qu'on ramasse pour en former la pâte dont on fait le papier.

DUCAT, *s. m.* Monnoie d'or, qui vaut environ dix livres dix sous de France.

DUNES, *s. f.* Petites montagnes de sable que le vent forme sur les bords de la mer.

5

DUVET, *s. m.* Plume menue qui couvre la peau des oiseaux.

DYNASTIE, *s. f.* Suite de souverains d'une même race.

CINQUIÈME LEÇON.

E.

E, cinquième lettre de l'alphabet et la seconde des voyelles. Nous distinguons trois sortes d'E, l'E ouvert, l'E fermé et l'E muet; le mot fermeté les réunit tous les trois : le premier est ouvert, le second est muet, le troisième est fermé.

EAU, *s. f.* Corps fluide, pesant, qui éteint le feu. L'eau de pluie forme les citernes, les mares; l'eau de source forme les fontaines, les puits, les rivières; l'eau de la mer est bitumineuse, salée, amère et impotable. L'eau conserve toujours son niveau. L'eau est le dissolvant de presque tout ce qu'on connoît dans la nature, quand elle est bien pure : pour être sûr de sa pureté, on la distille.

ÉBÈNE, *s. m. Bois noir, rouge* ou *vert*, très-pesant, et qui prend le plus beau poli. On en trouve de ces trois espèces dans l'île de Madagascar.

ECHO, *s. m.* Son qui, renvoyé par un corps solide, se répète. Il faut que le corps soit creux, et qu'il se rencontre plusieurs cavités qui se communiquent : le son est répété autant de fois qu'il y a de cavités.

ÉCLAIR, *s. m.* Grande lueur subite qui se répand promptement, mais qui dure peu.... Les éclairs qu'on nomme de *chaleur*, ne sont que l'inflammation des parties sulfureuses répandues dans l'atmosphère... Les éclairs de tonnerre sont le signe visible de l'inflammation du soufre, du nitre, du bitume, en un mot de toutes les matières inflammables qni entrent dans la composition de l'orage, comme la lueur qui précède un coup de canon ou de fusil.

ÉCLIPSE, *s. f.* Privation apparente de lumière d'un corps céleste par l'interposition d'un corps opaque entre un corps céleste et nos yeux.

ÉCOLE, *s. f.* Lieu public où l'on en-

6

seigne à lire , écrire et compter. En *pein-*
ture , on nomme *école* les peintres fameux
de chaque pays. On en distingue huit
principales : *l'Ecole Romaine* , *la Flo-*
rentine , *la Lombarde* , *la Vénitienne* ,
l'Allemande , *la Flamande* , *la Hollan-*
daise et *la Française*. Au jeu de trictrac ,
on dᵗ : *Faire une école* , quand on ou-
blie de marquer les points qu'on gagne en
battant.

ÉCUREUIL , *s. m* , petit animal quadrupède, qui a la queue plus grosse et plus
longue que son corps; quand il la relève ,
il en est tout couvert. Il s'assied pour
manger. Ses pattes de devant lui servent
de bras pour porter à sa bouche les noi-
settes , dont il est très-friand ; il en fait
pendant l'été sa provision pour l'hiver. Il
est si agile, qu'il saute d'un arbre à un
autre.

ÉLÉPHANT, *s. m.* Le plus grand et
le plus gros de tous les quadrupèdes , on
peut même dire le plus fort et le plus in-
telligent. Il a peu de poil , sa peau est
épaisse et dure à percer. La tête est grosse ,

le cou court, les oreilles larges et plates, le pied rond, large, garni de durillons qui recouvrent cinq ongles. A son simple pas, il fait trois milles par heure et plus. Il a le pied si sûr, qu'il ne bronche jamais. Son nez, qu'on nomme sa *trompe*, est long et creux : il y a au bout une sorte de bourrelet garni d'un crochet mobile qui lui sert à saisir les plus petites choses. Cette trompe tourne dans tous les sens ; elle lui sert de main. Il la remplit d'eau quand il veut boire, la replie et l'enfonce dans son gosier, dans lequel l'eau coule avec bruit. Deux dents sortent de sa mâchoire : elles sont d'ivoire. On ne finiroit pas, si on vouloit entrer dans tous les détails de ses mœurs et de son intelligence généralement reconnues et admirées.

EUROPE, *s. f.* L'une des quatre parties du monde, bornée au nord par la mer Glaciale, au couchant par l'Océan occidental, au midi par le détroit de Gibraltrar et la mer Méditerranée, au levant par l'Asie. Elle a environ onze cents lieues de longueur, sur environ neuf cents lieues de largeur.

SIXIÈME LEÇON.

F.

F, sixième lettre de l'alphabet, la qua-trième des consonnes muettes.

FABLE, *s. f.* Histoire de la théologie payenne. On donne aussi ce nom aux *apo-logues*, dans lesquels on fait parler les animaux, et même les choses inanimées, pour l'instruction des hommes. La connois-sance de la fable est le fonds des richesses de la poésie et de la peinture.

FAUCON, *s. m.* Oiseau de proie, dont on distingue douze espèces.

FAUCONNEAU, *s. m*, petit de faucon. On donne aussi ce nom à un canon moyen, qu'on remue facilement, et qu'on place où l'on veut. Charles XII, fameux roi de Suède, fut tué d'un coup de fauconneau au siége de Friderisksall en Norwège.

FAUVETTE, *s. f*, petit oiseau qui a la tête noire, le bec fort pointu, noir et fort mince, un joli gosier; il se nourrit de vers et d'insectes; il lui faut de la viande.

FER, *s. m.* Le plus utile, le plus dur, le plus élastique, mais le moins ductile et le plus difficile à fondre de tous les métaux; il est attiré par l'aimant, qui lui communique facilement sa vertu magnétique. On le convertit en acier en l'épurant plusieurs fois par le feu.

FIACRE, *s. m.* Enseigne de Saint-Fiacre, qui étoit à la maison d'où sont sorties les premières voitures de place connues sous ce nom, qu'elles ont conservé.

SEPTIÈME LEÇON.

G.

G, troisième lettre de l'alphabet des Orientaux et des Grecs, et la septième de celui des Latins, que nous suivons.

GAZ, *s. m.* Vapeur invisible et incoercible qui s'élève des substances en fermentation, et qui détruit ou dissout l'élasticité de l'air; nourriture des ballons aérostati-

ques, et qu'on retire maintenant de presque toutes les substances. On ne rêve plus
que gaz, dans l'espérance de voler à la
lune : bon voyage.

GAZELLE, *s. f.* Quadrupède à pied
fourchu et ruminant, qui a des cornes noires,
pointues, et dentelées en travers. Il s'en
trouve beaucoup en Afrique, elles vont en
bandes, sont fort légères, fort adroites : ce
sont de très-jolis animaux.

GÉOGRAPHIE, *s. f.* Description de
la terre.

GÉOMÉTRIE, *s. f.* Science des propriétés de l'étendue.

GOBELINS (LES), *s. m. plur.* Manu-
facture de Paris, où Gilles Gobelin, fameu
teinturier, trouva le secret de la belle cou
leur écarlate, dont il fut redevable à l'ea
de la petite rivière de Bièvre qui y pass

GUINÉE (LA), *s. f.* Vaste contré
d'Afrique dont les habitants sont très-noir
et leurs cheveux comme de la laine. O
y trouve peu d'or.

GYPSE ou PIERRE A PLATRE, *s. m.* O
comprend sous ce nom toutes les pier

Les Tapisseries.

Le Levrier.

Le Raisin-muscat.

tendres que l'action du feu convertit en plâtre.

HUITIÈME LEÇON.

H.

H, huitième lettre de notre alphabet.

HANNETON, *s. m.* Grand scarabé de couleur rousse. La femelle dépose ses œufs en terre, qui deviennent des vers d'un blanc jaunâtre. Ce ver change de peau tous les ans dans une petite loge qu'il se forme dans la terre ; à la fin de sa quatrième année il quitte sa peau et devient chrysalide ; au commencement de la cinquième année il devient hanneton ; au mois de maï il sort de terre.

HERMINE, *s. m.* Quadrupède ressemblant à la belette, mais plus grand ; il est tout blanc, le bout de sa queue est d'un beau noir et ne change jamais.

HUITRE, *s. f.* Coquillage bivalve qui renferme un animal qu'on mange vivant. Sa chair gluante et glaireuse ne fait pas une nourriture fort succulente. On prétend que le sel dont elle èst imprégnée est bon à l'estomac.

HULOTTE, *s. f.* Oiseau de proie qui ne sort que la nuit ; il est tout en plumes.

HUPPE ou PUPU, *s. f.* Bel oiseau de passage, qui a sur la tête une huppe formée par deux rangées de plumes longues de deux pouces, qu'il dresse en éventail ou couche à volonté ; son cri semble répéter plusieurs fois le mot *pupu* ; il est gras, délicat, et a un petit goût de muse assez agréable.

NEUVIÈME LEÇON.

I.

I, neuvième lettre et troisième voyelle de l'alphabet français. On distingue l'*j* consonne, qu'on prononce *je*, et l'*i* voyelle, un *ï* marqué de deux points et séparé de la voyelle précédente, comme dans Isaïe. On nomme ces deux points *diérèse* ; les imprimeurs nomment l'*ï* ainsi marqué, *ï tréma*.

JANUS, *s. m.* Dieu de la fable qui présidoit aux portes ; on le représentoit portant des clefs, et ayant deux visages. On ouvroit son temple en temps de guerre, on le fermoit pendant la paix.

IMPALANCA, *s. m.* Quadrupède d'Afrique et de la taille du mulet, qui a des cornes pointues et recourbées, et dont la peau est couverte de taches de différentes couleurs ; sa chair est bonne à manger : mais ce qu'on en estime le plus est le *bézoard* ou pierre qu'on trouve dans son corps, qu'on regarde comme un antidote excellent contre toutes sortes de poisons et de venins.

JUNON, *s. f.* Déesse du paganisme ; fille de Saturne et de Rhée, sœur et femme de Jupiter, par conséquent reine des dieux.

JUPITER, *s. m.* Planète supérieure qui tourne autour de la terre en douze ans environ. Il est entre Saturne et Mars... *Jupiter*, fils de Saturne et de Rhée, étoit le plus puissant des dieux du paganisme, il n'avoit au-dessus de lui que le Destin.

DIXIÈME LEÇON.

K.

K, dixième lettre de notre alphabet, et la septième consonne, en ne comptant pas l'*j* consonne.

KINKI, *s. m.* Nom que les Chinois donnent à un oiseau merveilleux qu'on ne trouve qu'à la Chine; au soleil il paroît d'or mêlé des nuances les plus vives et les plus belles; il est d'un goût délicieux.

ONZIÈME LEÇON.

L.

L, onzième lettre de notre alphabet et la huitième de nos consonnes.

LABYRINTHE, *s. m.* Le plus beau est celui d'Égypte, qui contenoit trois mille appartements qui communiquoient l'un dans l'autre, de façon qu'il étoit très-difficile d'en trouver l'issue : il n'y en avoit qu'une... On connoît encore celui de *Crète* bâti par *Dédale* sous le règne de *Minos* ; celui de l'île de *Lemnos*, qui avoit cent cinquante colonnes tournantes sur pivots ; celui d'Italie ; le tombeau de Porsenna, roi d'Etrurie.... En *jardinage*, on donne ce nom a un bosquet coupé de beaucoup d'allées donnant l'une dans l'autre, de façon qu'on s'y égare facilement : tel est celui du jardin des plantes.

LEVRIER, *s. m.* Chien à jambes hautes, qui chasse à vue, et a peu d'odorat.

LION, *s. m.* Le plus fort, le plus courageux et le plus noble de tous les quadrupèdes. Il a la tête grosse, le mufle allongé, la face, le cou et les épaules couverts d'un poil très-long et ondoyant, la queue longue et forte, terminée par un gros bouquet de poils longs ; les pattes et les griffes très-fortes ; il jette son urine en arrière. Sa démarche ordinaire est grave et majestueuse ; il n'attaque l'homme que quand la faim le presse : pour lors il s'élance et fait des bonds effrayants, accompagnés de rugissements. La *lionne* n'a point de crinière ; son mufle est encore plus allongé. Elle porte souvent quatre *lionceaux* et même plus ; ils aiment le chaud , mais craignent et fuient la lueur du feu : on en allume pour les écarter.

LUNE, *s. f.* Un des corps célestes. Satellite de la terre.

DOUZIÈME LEÇON.

M.

M, douzième lettre et neuvième lettre de notre alphabet. M, en chiffres romains, vaut mille. M , avec une ligne au-dessus, vaut mille fois mille, ou un million.

MACAO , *s. m.* Perroquet à queue longue. Il y en a de gros qui sont bleus et jaunes ; d'autres , plus petits , rouges et bleus : on en voit de tout blancs qu'on nomme *cockacoou.*

MACARONI, *s. m.* Pâte d'Italie faite avec de la farine de ris. C'est la même pâte que le *vermicelle*. Le macaroni est roulé plus gros.

MADRID. Ville d'Espagne dans la nouvelle Castille, résjdence des rois d'Espagne. Elle est située sur une hauteur dans un terrain fertile ; l'air y est pur, subtil, mais souvent froid par le voisinage des montagnes.

MULET , *s. m.* Monstre engendré d'un âne et d'une jument, qui a les oreilles, la queue et la croupe de son père, tout le reste de sa mère. C'est un animal fort vicieux comme tous ceux qui viennent de mélange ; il a les reins de la plus grande force.

MUSCAT , *s. m.* Raisin très-parfumé dont les grains sont très-serrés. On en fait un vin qui est sucré et participe au parfum du fruit.

TREIZIÈME LEÇON.

N.

N , treizième lettre et dixième consonne de notre alphabet. L'N capitale suivie d'un point est le signe d'un nom qu'on ignore... En marine, signifie *nord*.

NAIN, *s. m.* Figure humaine d'une taille excessivement petite.... On nomme *arbres nains* les arbres de basse tige.

NAPÉES, *s. f.* Nymphes qui présidoient aux forêts et aux vallées.

NÈGRES, *s. m.* hommes de couleur noire que les blancs ont pris l'inconcevable habitude d'acheter et de traiter comme des animaux, quoique leurs semblables.

NEIGE, *s. f.* Eau congelée qui tombe par flocons des nuages.

NUIT, *s. f.* Temps où le soleil étant sous notre horizon n'éclaire plus la partie que nous habitons.

NUMÉRIQUE, ou NUMÉRAL, *adj.* qui a rapport au nombre. L'arithmétique est la partie des mathématiques qui enseigne toutes les propriétés des nombres. On la distingue en quatre règles, l'*addition*, la *soustraction*, la *multiplication* et la *division*.

L'addition consiste à trouver la somme

totale de plusieurs nombres ajoutés successivement les uns aux autres.

La soustraction consiste à ôter un nombre d'un plus grand, et à trouver ce qui
doit rester.

La multiplication consiste à multiplier
un nombre par un autre.

La division consiste à déterminer com-
bien de fois une plus petite quantité est
contenue dans une plus grande.

QUATORZIÈME LEÇON.

O.

O, quatorzième lettre et quatrième
voyelle de notre alphabet. En Irlande,
O, mis devant le nom, est un signe de dis-
tinction, comme *O-Briein*, *O-Connor*.
En marine, O veut dire *Ouest*.

OBUS, *s. m.* Mortier horizontal, monté
sur un affût à roues, comme le canon.

OCCIDENT, *s. m.* Partie de l'horizon
où le soleil paroît se coucher.

C

OCTROI, *s. m.* Levées de droits que le prince accorde pour les réparations ou entretiens.

OISEAU , *s. m.* Animal bipède , couvert de plumes , et qui , au lieu de dents , a un bec de la consistance de la corne , quelquefois dentelé comme une scie ; il lui sert aussi de défense.... Tous les oiseaux pondent des œufs , presque tous les couvent pour faire éclore leurs petits ; il y a des oiseaux de proie qui sont solitaires , et mangent les autres. —L'oiseau-mouche n'est pas plus gros qu'une grosse mouche ; le mâle a une huppe couleur d'or , il a le bec mince et pointu , avec lequel il pompe le suc du fond des fleurs. —Les maçons nomment *oiseau* un bâtis de planches , porté sur deux bras , que les *manœuvres,* ou goujats , mettent sur leurs épaules pour monter le mortier dans les bâtisses élevées.

QUINZIÈME LEÇON.

P.

P, quinzième lettre et douzième consonne de l'alphabet.

PACOS, *s. m.* Espèce de mouton du Pérou qui ressemble en petit au chameau, mais qui est prodigieusement couvert d'un long poil qui ressemble à de la laine très-fine et très-belle : on dit que sa chair est délicieuse.

PAON, *s. m.* Oiseau qui n'a de beau que la tête et la queue : la première est de la petitesse la plus élégante et la plus décorée ; la queue d'une belle longueur, et même majestueusement en éventail ; chaque plume est terminée par un grand et bel œil ; leur développement produit le plus bel effet.

PAPIER, *s. m :* de *Papyrus*, plante d'Egypte, dont on se servoit anciennement pour écrire ; on a employé successivement le parchemin, le *papier de coton*, celui *d'écorce d'arbre*, et enfin celui de chiffons qu'on fait tremper pour en former une pâte.

SEIZIÈME LEÇON.

Q.

Q, seizième lettre et douzième consonne de l'alphabet.

QUADRUPÈDE, *s. m.* Animal qui marche sur ses quatre pieds.

QUAI, *s. m.* Cyprès du Japon rempli d'un suc gras, visqueux, aromatique : son fruit est de la grosseur d'un pois, avec un tubercule. On appelle *quai* un mur bâti sur pilotis, élevé au bord de l'eau pour empêcher les débordements et les éboulements.

QUINCAILLERIE, *s. m.* Toutes marchandises d'acier, de fer et de cuivre ouvrés.

QUINCONCE, *s. m.* Plan d'arbres parallèles en longueur et en largeur,

l'Obus.

Les Raquettes.

Les Sauteurs.

QUIRINALES, *s. f. plur.* Fêtes que Numa Pompilius institua en l'honneur de *Romulus*, sous le nom de *Quirinus*.

DIX-SEPTIÈME LEÇON.

R.

R, dix-septième lettre et treizième consonne de notre alphabet.

RAQUETTE, *s. f.* Instrument pour jouer au volant... Sorte de chaussure dont on se sert au Canada pour marcher dans la neige... Arbrisseau qui croît aux îles Antilles, et dont le fruit ressemble à une noix verte.

RATON, *s. m.* Quadrupède de la grosseur d'un blaireau, la tête et la queue d'un renard, les oreilles arrondies par le bout, les jambes de devant plus courtes que celles de derrière ; il se sert des pieds de devant pour manger comme l'écureuil ; il détrempe dans l'eau tout ce qu'il veut manger ; il mange de tout, il préfère la

3

viande crue, surtout le poisson ; il grimpe sur les arbres avec beaucoup d'agilité ; il est commun à la Jamaïque.

REPTILES, *s. m. plur.* Animaux qui, n'ayant point de pieds, se traînent sur leur ventre, ou rampent autrement.

DIX-HUITIÈME LEÇON.

S.

S, dix-huitième lettre et quatorzième consonne de notre alphabet.

SATELLITE, *s. m.* Plante secondaire qui tourne autour des grandes planètes. La Lune est le satellite de la Terre.

SATURNE, *s. m.* Plante la plus éloignée de la Terre et du Soleil.

SAUTEUR, *s. m.* Nom qu'on donne, au *manége*, à un cheval qu'on dresse à faire des sauts, soit entre les piliers, soit en liberté.

SENSITIVE, *s. f.* Plante singulière qui referme à l'instant toutes ses feuilles, quelque délicatement qu'on en touche une : l'agitation du vent la fait fermer, elle les rouvre ensuite d'elle-même. Tous les physiciens de l'univers ont cherché la cause de ce phénomène ; un physicien de *Malabar* en est devenu fou. Chacun croit l'expliquer par ses conjectures : on peut renvoyer cette recherche avec les objets métaphysiques.

DIX-NEUVIÈME LEÇON.

T.

T , dix-neuvième lettre et quinzième consonne de notre alphabet.

TOURTERELLE, *s. f.* Assez joli oiseau du genre des pigeons, qui a un roucoulement plaintif.

TRÉSOR, *s. m.* Argent ou or trouvé dont on ignore le vrai maître.

TRITON, *s. m.* Bel oiseau, célèbre par la beauté et la variété de son chant

4

dans l'île d'Hispaniola.... Demi-dieu marin... Trompette de Neptune.

TYMBALE, *s. f.* Espèce de tambour qui n'a qu'un cuir tendu sur une caisse d'airain.

VINGTIÈME LEÇON.

U.

U, vingtième lettre et cinquième voyelle de l'alphabet.

UNIFORME, *s. m.* Habillement fixé aux officiers et aux soldats d'un régiment.

UNITÉ, *s. f.* Qui exprime un seul nombre ou une seule chose.

UNIVERS, *s. m.* Tout ce que nous pouvons voir et imaginer de matériel.

UNIVERSITÉ, *s. f.* Réunion de quatre facultés de *théologie*, de *droit*, de *médecine*, et des *arts*.

VINGT-UNIÈME LEÇON.

V.

V, vingt-unième lettre, et la seizième consonne de l'alphabet.

VAUDEVILLE, *s. m.* Boileau dit que c'est un petit trait mordant et malin enveloppé dans de petits-vers coupés et irréguliers, pleins d'agrément et de vivacité ; mais on pourroit en citer beaucoup qui ont de l'agrément et ne mordent personne.

VEAU, *s. m.* Petit de la vache : on fait grand usage de sa peau... Les *veaux marins* sont des animaux amphibies qui ont beaucoup de rapport au *lamantin :* on prend même souvent l'un pour l'autre.

VÉNUS, *s. f.* Planète qu'il est facile de reconnoître par son éclat et sa blancheur ; elle accompagne constamment le Soleil. Dans la mythologie, Vénus est la mère de Cupidon, dieu de l'amour.

VITRES, *s. f. plur.* On se servoit autrefois de pierres transparentes : on employa ensuite des verres de différentes couleurs; vers le siècle de Théodose le Grand on inventa les vitres.

VINGT-DEUXIÈME LEÇON.

X.

X, vingt-deuxième lettre et dix-septième consonne de l'alphabet.

XÉNOCLÉE, *s. m.* Prêtresse de Delphes, qui refusa de répondre à Hercule. Hercule irrité emporta le trépied de la prêtresse, et ne voulut pas le rendre qu'il n'eût reçu satisfaction.

XIPHIAS, *s. m.* Météore igné en forme d'épée, plus large dans son milieu, et moins long que l'*acoutias*.

XOCHIOCOTZOL, *s. m.* Arbre qui fournit la résine nommée *liquidambar*.

XUCHINACAZTTI, *s. m.* Fleur du Mexique, qui a la forme d'une oreille humaine.

VINGT-TROISIÈME LEÇON.

Y.

Y, vingt-troisième lettre et sixième voyelle de l'alphabet.

YAMEOS, *s. m. plur.* Peuples sauvages de l'Amérique méridionale, dont le langage est d'une difficulté inexprimable à appprendre, et encore plus à prononcer. Ils n'ont d'autres armes que des sarbacanes, avec lesquelles ils soufflent des flèches à plus de trente pas, et ne manquent presque jamais leur coup ; ils trempent leurs petites flèches dans un poison si actif que, pour peu qu'il sorte du sang, l'animal meurt.

YEBLE, *s. m.* Sorte de sureau dont les fleurs sont disposées en parasol, et deviennent des baies noires pleines d'un suc qui tache d'une couleur de pourpre. Toutes les parties de cette plante sont purgatives et hydragogues.

YER, île de France dans le Poitou.

6

VINGT-QUATRIÈME LEÇON.

Z.

Z , vingt-quatrième lettre et dix-huitième consonne de l'alphabet. J fait la dix-neuvième.

ZAGU, *s. m.* Palmier des Indes orientales : on mange son fruit avec le sucre ; ses grandes feuilles servent pour couvrir les maisons , les plus petites fournissent une espèce de filasse dont on fait de la corde ; le cœur de l'arbre forme une moelle ou fécule , aliment fort doux et fort nourrissant : on le nomme *fugon*. On en apporte beaucoup en Angleterre.

ZÈBRE , *s. m.* Ane sauvage dont le poil est marqueté de noir , de blanc et de brun. Il va par troupe et court avec une légèreté étonnante.

ZIBELINE , *s. f.* Petite marte dont la peau est d'un brun très-foncé , et fort garnie de poils. On les trouve dans les pays froids et déserts , dans la Laponie. Les plus

Les Timbales.

l'Uniforme.

Le Zèbre.

belles viennent de Sibérie : on les prend dans des piéges. Les habitants payent leur tribut en peaux de zibelines ; le gouverneur y met son cachet ; on les vend extrêmement cher. Les riches Orientaux en sont très-curieux , ce qui entretient leur cherté.

ZONE, *s. f.* Division du globe terrestre relative au degré de chaleur et de climat. La terre est partagée en *zones torride , glacée* et *tempérée.* La torride est une bande terminée par les deux tropiques, et partagée en deux par l'équateur : le soleil ne sort jamais de dessus cette zone ; les zones tempérées sont deux bandes terminées chacune par un tropique et par un cercle polaire : le soleil s'en approche plus ou moins ; les zones glacées sont des segmens de la surface, terminés, l'un par le cercle polaire arctique , et l'autre par le cercle polaire antarctique : la présence du soleil y varie.

ZOOGRAPHIE. Description des animaux.

ZOOTOMIE. Anatomie des animaux.

L'ENFANT PARESSEUX.

Un petit enfant ne vouloit point étudier, et, lorsqu'on le faisoit lire, il affectoit de mal prononcer ses mots. Sa maman, malgré toute la tendresse qu'elle avoit pour lui, le mit en pénitence. Sa sœur, qui l'aimoit beaucoup, fut sensible aux punitions qu'on infligeoit à son frère, et, quoiqu'il lui fût défendu de le voir, elle chercha tous les moyens de lui parler. Elle saisit le moment où sa maman recevoit une visite, pour s'introduire dans la chambre où il étoit. Mon frère, lui dit-elle en l'embrassant, étudie donc mieux tes leçons. Si tu savois la peine que tu fais à maman quand tu ne veux pas lire ou que tu lis mal! Maman est si bonne! et puis, nous ne pouvons pas jouer ensemble quand tu es en pénitence. C'est vrai, ma sœur, répondit le petit frère : mais jouons à présent pendant que maman est avec quelqu'un. — Oh! non, maman me l'a défendu ; mais si tu veux venir avec moi, tu lui demanderas pardon ; elle t'accordera ta grace, et nous jouerons ensemble, à condition cependant que tu étudieras mieux. —Eh bien! ma sœur, je te le promets. Les deux enfants allèrent trouver leur maman, qui embrassa d'abord la petite fille, parce qu'elle avoit montré un bon caractère, et ensuite le petit garçon, parce qu'il se repentoit de sa paresse, et parce qu'il promettoit de bien étudier et de bien lire.

L'ENFANT DILIGENT.

LE petit Eugène, pendant toute la semaine, avoit contenté ses maîtres de lecture, d'écriture et de calcul. Pour le récompenser, sa maman le mena voir les marionnettes. Il étoit au comble de la joie. Mais quelle fut sa surprise lorsque Polichinelle paroissant sur le théâtre et montrant une grande gaieté, son compère lui

dit : Qu'as-tu donc trouvé aujourd'hui ,
Polichinelle? tu es dans ta belle humeur !
jamais je ne t'ai vu si joyeux. Oh ! répondit Polichinel, c'est que la compagnie me
fait plaisir , et il y a dans la salle un petit
garçon bien sage , bien obéissant à son
papa, à sa maman et à ses maîtres. Aussi
je vais faire de mon mieux pour le divertir.
Le compère lui demanda comment s'ap-
peloit ce petit garçon : il se nomme *Eugène*, répondit Polichinelle. A ce nom, les
spectateurs promènent leurs regards sur
tous les enfans qui étoient présens , et ils
n'eurent pas de peine à reconnoître celui
dont Polichinelle vouloit parler , parce que
le rouge lui étoit monté au visage , de surprise et de joie. On le félicita , on l'embrassa, et en sortant sa maman lui acheta
de beaux joujoux. Maman, lui dit le petit
Eugène, Polichinelle sait donc tout ce que
font les enfans?—Oui, mon fils, Polichinelle est comme toute autre personne ; il
voit dans les yeux d'un enfant si on est con-
tent de lui, et s'il a le désir de bien étudier.
La satisfaction que procure une bonne action se peint sur la figure. En ce cas-là, reprit

le petit Eugène, je continuerai à bien étudier, afin que tu aies plus de plaisir à me
voir que Polichinelle, parce que je suis avec
toi toute la journée, et que je ne rends
visite à Polichinelle qu'en passant.

LA GOURMANDISE PUNIE.

Un petit garçon et une petite fille se
promenoient dans un jardin. Les belles
pêches qui étoient sur les espaliers le ten-
tèrent. Le frère dit à sa sœur : Si nous
pouvions cueillir une de ces belles pêches,
nous aurions bien du plaisir à la manger.
Ne t'embarrasse pas mon frère, reprit la
petite fille, nous en viendrons à bout.
Prenons un de ces échalas qui soutiennent
ces ceps de vignes, et en touchant un peu
la pêche, nous la ferons tomber. Le conseil
de la petite rusée fut suivi; mais ils ne pré-
voyoient pas le danger. La pêche étoit en-
tamée du côté du feuillage, et renfermoit
un essaim de guêpes qui, au moment de
sa chute, sortirent en bourdonnant, et

piquèrent les joues et les mains de nos petits gourmands. Heureusement que les
yeux n'y furent pour rien. Les enfans se
mirent à sangloter et à faire des cris. La
maman accourut, et s'informa de la cause
de leur effroi et de leurs pleurs. Ils furent
obligés d'avouer leur faute. Voilà ce que
c'est, leur dit-elle, d'être désobéissans.
Je vous avois bien défendu de toucher aux
fruits du jardin : sachez que les gourmands
sont toujours punis. J'espère que la pi-
qûre des guêpes vous servira de leçon. Les
petits enfans assurèrent leur maman qu'ils
ne toucheroient plus à rien, et surtout lorsqu'ils seroient à table.

LE PETIT ORGUEILLEUX HUMILIÉ.

Un petit garçon avoit mal lu à l'école,
son maître le mit à genoux à la porte de la
classe, avec un bonnet surmonté de deux
oreilles d'âne. Il pleuroit beaucoup; mais
comme il n'étoit pas sot, et qu'il n'avoit
que le malheur d'être un peu paresseux,

il dit en lui-même : Voici un de mes cama-
rades qui rit plus que tous les autres à mes
dépens ; il faut l'attendre à la seconde leçon. Aussitôt il se met à étudier dans la
position humiliante où il se trouvoit. Le
maître passe donc à la seconde leçon, notre bonnet d'âne attaque le moqueur ; il
lit mieux que lui, et le force de prendre
sa place : tous les autres élèves en témoi-
gnèrent de la joie. « Mes amis, leur dit
alors le maître, que cela vous serve d'exem-
ple. Il est dangereux de se reposer sur ses
propres forces. Celui que l'on croit un
ignorant est peut-être à la veille de deve-
nir un savant. Il ne faut que de la bonne
volonté aux enfants pour s'instruire. En
un mot, la modestie convient aux enfants.
Quand ils voient punir un de leurs camara-
des, ils doivent le plaindre et ne jamais
en rire : cela dénote un mauvais cœur. »

LA BONNE PETITE FILLE.

AMÉLIE étoit une bonne petite fille, elle
aimoit sa maman et en étoit aimée ; mais

chose admirable, c'est qu'elle n'avoit rien
à elle : quand elle se trouvoit avec d'autres
enfants de son âge, elle leur distribuoit ses
bonbons et ses joujoux. On lui avoit fait
fait présent d'une belle poupée qu'elle
menoit partout. Se trouvant un jour à la
promenade à la Place Royale, une petite
fille mal habillée, et qui avoit l'air d'ap-
partenir à quelques pauvres gens, regardoit
avec des yeux d'envie la poupée d'Amélie :
celle-ci en fut touchée, elle l'invita à jouer
avec elle ; la maman ne voulut point l'empêcher, mais elle étoit bien aise de voir
jusqu'où iroit cette liaison. Vous avez une
belle poupée, dit la petite pauvresse à Amélie.—Il est vrai , vous feroit-elle plaisir?—
Oh! non, mademoiselle, je ne suis point
faite pour avoir de si belles choses, j'aime-
rois mieux un morceau de pain. — Vous
avec donc faim? — Hélas! ni moi, ni
maman n'avons mangé depuis hier. A ces
mots, Amélie prend la petite fille par la
main et la conduit à sa maman : aussitôt
elle lui dit : Vois, maman, une petite fille
qui n'a pas mangé depuis hier ; elle est
bien malheureuse! permets-moi de vendre

ma poupée pour lui acheter du pain. Non
ma fille, répondit la maman en versant
des larmes de joie, je vais y pourvoir.
Aussitôt elle fit approcher la mère de la
petite pauvresse, s'informe de sa position,
et lui donne des secours. Amélie ne se
sentit pas de joie : à la maison, elle s'in-
formoit toujours de sa petite pauvresse, et
à ses repas elle mettoit quelque chose de
côté qu'elle lui envoyoit. Une petite fille
bonne dans son enfance, l'est toute sa vie.

L'AIMABLE PETIT VOYAGEUR.

La Diligence de Fontainebleau étoit au
moment de partir de Paris lorsqu'un ins-
tituteur y amena un jeune enfant, et le
recommanda au conducteur. Cet enfant
portoit un bouquet de quinze à vingt roses
fraîches et charmantes, et plus il se faisoit
connoître, soit par ses propos, soit par
son silence, plus il intéressoit. Quand on
descendit pour dîner, il courut à la salle à
manger prendre un verre, le remplit d'eau,
coupa avec des ciseaux l'extrémité des ti-

ges., et plaça ses chères roses avec la plus grande attention. Après le dîner, il en sèche le pied avec sa serviette, et l'on part; enfin l'on arrive. C'étoit la veille de la fête de l'Assomption. La première personne qui se présente à la portière de la Diligence, c'est une dame de trente ans, qui demande : Mon fils est-il là? C'est maman! s'écrie le jeune enfant; il passe sur tous les voyageurs, saute au cou de sa maman avec un cri de joie qui retentit dans leur cœur, et après cette tendre et vive embrassade, que tous dévoroient des yeux : Maman, dit-il, voilà des roses de Paris; c'est demain votre fête, c'est celle de ma sœur qui est en pension; le bouquet est gros, nous en ferons deux.... Mais allons voir ma sœur: comment se porte ma sœur?. et de recommencer les caresses..... et la bonne mère de pleurer de tendresse, et les voyageurs de s'écrier : O l'aimable petit compagnon de voyage que nous avions! puissent tous les enfants lui ressembler !

Chiffres Arabes et Romains.

Un.	1	I.
Deux.	2	II.
Trois.	3	III.
Quatre.	4	IV.
Cinq.	5	V.
Six.	6	VI.
Sept.	7	VII.
Huit.	8	VIII.
Neuf.	9	IX.
Dix.	10	X.
Onze.	11	XI.
Douze.	12	XII.
Treize.	13	XIII.
Quatorze.	14	XIV.
Quinze.	15	XV.
Seize.	16	XVI.
Dix-sept.	17	XVII.
Dix-huit.	18	XVIII.
Dix-neuf.	19	XIX.
Vingt.	20	XX.
Trente.	30	XXX.
Quarante.	40	XXXX ou XL.
Cinquante.	50	L.
Soixante.	60	LX.
Soixante-dix.	70	LXX.

Chiffres Arabes et Romains.

Quatre-vingt.	80	LXXX.
Quatre-vingt-dix.	90	XC.
Cent.	100	C.
Deux cents.	200	CC.
Trois cents.	300	CCC.
Quatre cents.	400	CCCC ou CD.
Cinq cents.	500	D.
Six cents.	600	DC.
Sept cents.	700	DCC.
Huit cents.	800	DCCC.
Neuf cents.	900	DCCCC ou DCD.
Mille.	1000	M.

F I N.